Mark Sarg

Die spaßige Leiche

Mark Sarg

Die spaßige Leiche

Bizarre Kurzgeschichten

Goldene Rakete Verlag für Belletristik

Imprint

Cover image: www.ingimage.com

Publisher:
Goldene Rakete Verlag für Belletristik
is a trademark of
International Book Market Service Ltd., member of OmniScriptum Publishing Group
17 Meldrum Street, Beau Bassin 71504, Mauritius

Printed at: see last page
ISBN: 978-620-2-44558-0

INHALTSVERZEICHNIS

„VERFLÜCHTIGEN SIE SICH!“ ... 3
„FLATTERN SIE!“ ... 4
„FLATTERN SIE NICHT!“ ... 5
DAS REVERSIBLE GESCHÖPF ... 6
DAS IRREVERSIBLE GESCHÖPF ... 7
DIE LEICHE UND DER FRIEDHOFSGÄRTNER ... 8
DER RÖCHELNDE PAPST ... 9
DER SCHLÜRFENDE PAPST ... 10
„VERGRABEN SIE MICH!“ ... 11
„VERGRABEN SIE MICH NICHT!“ ... 12
„VERGRABEN SIE SICH!“ ... 13
„VERGRABEN SIE SICH NICHT!“ ... 14
DAS CREMIGE GESCHÖPF ... 15
DAS INSTRUMENTALISIERTE GESCHÖPF ... 16
DIE SELBSTBEGLÜCKUNG ... 17
DIE DAME IM KLEID ... 18
DIE LEICHE UNTERM REGENBOGEN ... 19
DAS VERWURMTE GESCHÖPF ... 20
DER UNERBITTLICHE PAPST ... 21
DER PAPST ALS FLECKENTFERNER ... 22
DIE LEICHE UND DIE ZAHNBÜRSTE ... 23

DAS REGLOSE GESCHÖPF 24
DAS APOSTOLISCHE GESCHÖPF 25
„BEWAHREN SIE SICH GUT AUF!“ 26
„VERROTTEN SIE!“ 27
„VERROTTEN SIE NICHT!“ 28
DER NATIONALHEILIGE 29
DAS REGULIERTE GESCHÖPF 30
DAS DEREGULIERTE GESCHÖPF 31
DIE LEICHE UND DER KÜHLSCHRANK 32
DAS FESCHE MÄUSCHEN 33
„VERTEUFELN SIE SICH!“ 34
„VERTEUFELN SIE SICH NICHT!“ 35
„VERTEUFELN SIE MICH!“ 36
„VERTEUFELN SIE MICH NICHT!“ 37
DAS VERZOPFTE GESCHÖPF 38
DAS VERZUPFTE GESCHÖPF 39
DER PAPST ALS WINDEL 40
DIE IRREFÜHRUNG 41
DIE ZAUBERHAFTE KREATUR 42
DIE SPASSIGE LEICHE 43
DIE LEICHE UND DAS ZIMMERMÄDCHEN 44

„VERFLÜCHTIGEN SIE SICH!“

„Verflüchtigen Sie sich, mein Herr, ehe ich Ihnen ins Nachthemd greife!“ Mit jovialem Grinsen plusterte sich ein Gespenst am Bette des Generalmajors Iwan Würgebock auf.

Der jedoch, Träger der Tapferkeits- und zahlreicher sonstiger Medaillen, folgte der Empfehlung auf ihm eigene Weise – und kroch dem Gaste glatt hinten hinein.

„Seltsame Sitten beim Militär!“, wunderte sich dieser, und suchte fortan nur noch Zivilisten heim.

„FLATTERN SIE!“

„Flattern Sie nur, Monsieur!“, ermunterte Ballettmeister Edmondo Kicherhals Baron Donaldus Feuchtpudel, der durch späten Tanzunterricht sein Rheuma zu kurieren hoffte.

Nun war er zwar vorerst mäßig erfolgreich, legte damit aber den Grundstein für eine exzellente Karriere im ***nächsten*** Leben – die in einem Engagement als Primoballerino an der Pariser Oper ihren Gipfel fand.

Man ***kann*** eben gar nicht früh genug anfangen!

„FLATTERN SIE NICHT!“

„Flattern Sie nicht!“ Unwirsch wies die Generalmajorin Dahlia Magenbeiz ihr Herz zurecht, als sie vor einem wichtigen diplomatischen Empfange eine leichte Erregung verspürte.

Aber weshalb sie mit jenem per ***Sie*** verkehrte?

Sie legte einfach großen Wert auf gebührende Distanz zu ***allen*** ihren Organen – seien sie innerhalb oder außerhalb des Körpers befindlich!

DAS REVERSIBLE GESCHÖPF

Ein Geschöpf erkannte, dass es gottlob reversibel war – und flüchtete rasch wieder ins Jenseits.

DAS IRREVERSIBLE GESCHÖPF

Ein irreversibles Geschöpf erforscht noch heute mit eher mäßigem Erfolg die unbegrenzten Möglichkeiten der Reversibilität.

DIE LEICHE UND DER FRIEDHOFSGÄRTNER

„Nun pflegen Sie schon so lange auf ebenso berührende wie anregende Weise mein Grab. Was spricht dagegen, dass auch ***wir*** uns hin und wieder ein wenig gegenseitig pflegen?“, schlug unumwunden Mrs. Dunja Rumpfstiefel dem jungen Friedhofsgärtner Mirko Dampfbart vor.

„Ich stehe leider nicht auf Leichen“, wandte er jedoch ein. „Dies sollten Sie sich unbedingt sagen, wenn Sie ***selber*** einmal eine sind!“, riet sie ihm, gab ihm einen freundschaftlichen Klaps und ließ ihn verdutzt zurück.

Worauf er ins Grübeln verfiel, und sich eingestehen musste, dass er sich aus unerfindlichen Gründen offenbar bislang für unsterblich gehalten hatte.

Da nahm er aus lauter Dankbarkeit, dass sie ihm die Augen geöffnet hatte, das Angebot seiner Kundin an – und heiratete sie sogar.

Und ob man's glaubt oder nicht, aus den beiden wurde ein glückliches Paar!

Vermutlich vor allem deshalb, weil sie nicht ***allzu*** viele Erwartungen voneinander hegten ...

DER RÖCHELNDE PAPST

Papst Reitknecht röchelte um sein Leben
und bat Luzifer, ihm zu vergeben.

Denn den ***Herrgott*** darum zu bitten –
– erschien ihm fast „gegen die guten Sitten“!

DER SCHLÜRFENDE PAPST

Papst Pfeffersack schlürfte reichlichst Wein
gegen sein fortschreitendes Zipperlein.

Doch dieses wurde immer schlimmer
und so ließ er auch vom Weine nimmer.

Und als er dann selig hinüberdeliriert war,
empfing ihn der Teufel mit ***Champagner*** gar!

„VERGRABEN SIE MICH!“

„Vergraben Sie mich!“, forderte unverblümt Lady Tilda Nebelstern Sir Palmwood Winddog auf der Straße auf. „Ich habe weder Zeit noch Lust auf perverse Spielchen!“, ließ er sie kühl abblitzen.

Hocherfreut wandte sie sich ihm nun erneut zu: „Ich wollte nur zweifelsfrei sicherstellen, dass Sie auch wirklich der ***Richtige*** für mich sind!“

Und sie unterbreitete ihm feierlich einen Heiratsantrag – den er mit Handkuss gleich akzeptierte.

„VERGRABEN SIE MICH NICHT!"

„Vergraben Sie mich noch nicht, meine Teuerste, ich bin frisch und munter wie am ersten Tag!"

Boshaft-triumphierend stand der in der Besenkammer aufgebahrt und scheintot gewesene Amtsrat Gottsack Müslischweif plötzlich vor seiner Gemahlin Petrolia.

Da eilte diese in abgrundtiefer Verzweiflung auf den Friedhof und vergrub sich ***selber***.

„VERGRABEN SIE SICH!“

„Ach, vergraben Sie sich doch, damit ich Sie endlich nicht mehr sehen muss!“, herrschte Baronin Anastasia Mehlkropf ihren lästig gewordenen Gatten Igelmund an.

Und weil er ihrer **gleichermaßen** überdrüssig war, sowie aus schierer Bosheit, tat er ihr glatt den Gefallen.

Allerdings so, dass sie ihn wirklich nie mehr sah – und daher auch nicht an das ersehnte Erbe gelangte …

„VERGRABEN SIE SICH NICHT!“

„Vergraben Sie sich nicht selber, denn dazu sind ***wir*** ja für Sie da!“, warb in einem launigen Prospekt das Bestattungsinstitut Nebelsack & Cie. für die möglichst frühzeitige Vereinbarung aller dereinst unvermeidlichen Schritte.

„Ich verplempere mein Geld doch nicht für solchen Schnickschnack!“ Höhnisch lachend beschloss Hofrat Almweiß Rüschenpopsch, darauf gerne zu verzichten.

Und als er spürte, dass die Zeit reif war, vergrub er sich zufrieden grinsend mit dem ersparten Mammon ***selbst*** an einem geheimen Ort – den bis heute niemand kennt.

DAS CREMIGE GESCHÖPF

Ein Geschöpf war so cremig und zart, dass es einfach nicht widerstehen konnte. Es fraß sich mit der größten Hingabe selber auf.

Und das Erstaunliche dabei: Es ***vertrug*** und ***verdaute*** sich auch ganz ausgezeichnet – sodass es noch Lust auf ***mehr*** bekam!

DAS INSTRUMENTALISIERTE GESCHÖPF

Ein instrumentalisiertes Geschöpf begann sich aufzulehnen
gegen die niederträchtigen herrschenden Hyänen.

Bekommen ist ihm dieses freilich nicht
– denn es holte sich dabei die Gicht!

DIE SELBSTBEGLÜCKUNG

Marquis Giroflé Süßbart beglückte sich auf jede nur erdenkliche Weise fortwährend selbst – bis er so glücklich mit sich war, dass er mit niemandem ***sonst*** mehr zu leben wünschte.

Und da ihm dies auf Erden unerreichbar schien, wählte er den Freitod.

Aber drüben war er erst recht nicht allein …

DIE DAME IM KLEID

Außer sich vor Neid
traf eine Dame im Kleid
einen ***Herren*** im Kleid.

Denn ***er*** war ***nicht*** verschneit!

DIE LEICHE UNTERM REGENBOGEN

Graf Muselhirn Mondblum saß unter einem Regenbogen und schwärmte: „Wie schön die Welt doch sein kann – wenn man ***nicht*** mehr unter Lebenden weilt!“

Worauf sich prompt von weitem eine Schar lärmender Ausflügler ankündigte.

Da kroch er rasch wieder zurück ins schützende Grab.

DAS VERWURMTE GESCHÖPF

Ein verwurmtes Geschöpf gelangte dennoch in den Himmel,
denn es ritt auf einem majestätischen heiligen Schimmel.

Nur die Würmer sandte man zurück auf Erden –
damit sie dort zu ***erwachsenen*** Menschen werden!

DER UNERBITTLICHE PAPST

Papst Knüppelkropf X. schrie den Leuten so laut und lange seine Predigten ins Ohr, bis ihnen das Trommelfell geplatzt war und sie qualvoll verendeten.

Dann sprach er sie umgehend als Märtyrer heilig und zelebrierte ein feierliches Hochamt für sie.

DER PAPST ALS FLECKENTFERNER

Per Erleuchtung erkannte Papst Starkstrom der Gelehrige über Nacht, dass es einen einzigen Fleck auf seiner weißen Weste gab: Sein hohes „heiliges“ Amt.

Folglich entfernte er sich schleunigst daraus.

Leider wurde mit dem Fleck auch sein ***Name*** aus der Kirchengeschichte getilgt.

DIE LEICHE UND DIE ZAHNBÜRSTE

Jahrelang hatte Señorita Montserrat Chinakohl ihre jeweils letzte Zahnbürste völlig zu Unrecht verflucht, wenn sie diese am Morgen nicht fand – weil sie ihr jeweils letzter Liebhaber als „Souvenir" hatte mitgehen lassen.

Nun besaß sie endlich ein besonders schmuckes Exemplar an einem sicheren Ehrenplatze unter ihrem Sargkissen – und verfluchte sich völlig zu Unrecht selbst, weil sie sie eigentlich gar nicht mehr benötigte.

DAS REGLOSE GESCHÖPF

Ein Geschöpf verharrte so reglos, dass es schon dachte, es sei tot.

Und dabei befand es sich gottlob nur in ehrfürchtigster und banger Erwartung der heiligen Kommunion!

DAS APOSTOLISCHE GESCHÖPF

Um sich endlich selbst zum Schweigen zu bringen, ertränkte sich ein apostolisches Geschöpf im Stillen Ozean.

Doch plapperte es munter ***weiter*** hinterher …

„BEWAHREN SIE SICH GUT AUF!“

„Bewahren Sie sich gut auf – falls man Sie eines Tages doch noch brauchen sollte!“ Allzu unbekümmert ignorierte die etwas leichtlebige Gräfin Brausine von Plumpsteig die Ermahnung ihres umsichtigen Notars Dr. Querulo Haubenwisch.

Und als man sie dann wirklich – zur formellen Beisetzung – benötigte, um endlich an ihr Erbe zu gelangen, war die Verantwortungslose prompt nicht auffindbar, weil sie draußen irgendwo im Walde lag!

„VERROTTEN SIE!“

„Verrotten Sie!“, rief die Gesundheitsministerin Lydia Sturmhengst vor versammelter Trauergemeinde und Presse ihrem Gemahle Moritz nach, als man seinen Sarg endlich hinabließ, und bekreuzigte sich hierzu.

Worauf man sie eiligst zur „aufrichtigsten Politikerin des Jahrhunderts“ kürte.

„VERROTTEN SIE NICHT!“

„Geben Sie Acht, dass nicht auch ***Sie*** eines Tages verrotten, mein Fräulein. Es wäre äußerst schade um Sie!“ Die Sorge des väterlichen Freundes Marchese Brunoletto Zischhut teilte die überaus eitle und attraktive Signorina Gfrettina Apfelsack bereits seit langem.

Und ließ sich daher zur Vermeidung jeden Risikos schon ***vor*** ihrem gottgewollten Ende verbrennen.

DER NATIONALHEILIGE

Unmittelbar nach seinem Tode wurde Monsignore Mumpitzius Sargbein zum Nationalheiligen ausgerufen.

Er hatte nämlich im Zuge klerikaler Ermittlungen herausgefunden, dass das Land noch über keinen solchen verfügte, an dessen Stolz appelliert – und sich in tiefer Demut auch gleich selber hierfür vorgeschlagen.

DAS REGULIERTE GESCHÖPF

Ein reguliertes Geschöpf sprang ins eiskalte Wasser und holte sich eine Erkältung.

Seither ist es ***de***reguliert.

DAS DEREGULIERTE GESCHÖPF

Ein dereguliertes Geschöpf blieb dem Begräbnis seiner Eltern fern.

Daraufhin sperrte man es ein – bis es wieder völlig reguliert war.

DIE LEICHE UND DER KÜHLSCHRANK

„Ich brauche keinen Kühlschrank mehr, Sie Flegel, ich bin seit über 20 Jahren tot!“, erklärte Mrs. Laura Rumpfgack dem fassungslosen Verkäufer an ihrer Tür.

Und wieso sie dann noch immer, allem Augenschein nach unversehrt, in ihrer Wohnung „lebte“?

Dies konnte sie sich allerdings – wie viele andere Zeitgenossen auch – selber nicht erklären …

DAS FESCHE MÄUSCHEN

Ein fesches Mäuschen
heiratete ein fesches Läuschen.

Sie bezogen ein schmuckes Häuschen
und lebten in Säuschen und Bräuschen
bis zu Sankt Nikoläuschen!

„VERTEUFELN SIE SICH!“

„Verteufeln Sie sich möglichst – damit man Sie später einmal ***vergöttert***!“

Dem Rate seines väterlichen Freundes, Bischof Gottschwan Sternenschweif, folgend, lief Monsignore Baldassare Gruftmaus sein halbes Leben lang in einem Büßerhemd umher, gebärdete sich überall noch elender und armseliger als er ohnehin schon war – und wurde prompt gleich nach seinem Tode von Papst Petroleum I. heiliggesprochen.

Und jährlich Abertausende pilgern seither in tiefer und frommer Verehrung zu seinen Gebeinen.

„VERTEUFELN SIE SICH NICHT!“

„Verteufeln Sie sich nicht gleich, wenn Sie morgens mit dem falschen Beine aufstehen. Das kann doch wirklich ***jedem*** mal passieren!“ Des Psychiaters Malarius Goldhirn Trost für seinen Lieblingspatienten lief leider auch diesmal völlig ins Leere, denn Baron Davinci Flegelbirn erstrebte eben gerade ***nichts weniger***, als „jeder“ zu sein – weswegen er desto verbissener ***fortfuhr*** mit seiner Selbstverteufelung.

Wobei ihm verdrießlicherweise zu Lebzeiten nie klar wurde, ob seine Bemühungen tatsächlich irgendwie von „Erfolg gekrönt“ waren.

Erst danach stellte er beruhigt fest, dass er ohnehin stets nur ***er selber*** gewesen war, und segnete sich und Gott hierfür …

„VERTEUFELN SIE MICH!“

„Verteufeln Sie mich ruhig, ich habe nicht das Geringste dagegen!“, ermunterte höhnisch lachend Papst Müslikropf der Heilige den abtrünnigen Kardinal Borromeo Flatterstängel, den er eben mit besten Empfehlungen der Inquisition anvertraut hatte.

Und natürlich fochten dessen Verwünschungen den Pontifex wirklich nicht an.

War er doch ohnehin Satan ***persönlich*** – der wieder einmal in seiner absoluten ***Parade***rolle auf Erden agierte …

„VERTEUFELN SIE MICH NICHT!“

„Verteufeln Sie mich doch nicht wegen jeder Winzigkeit, Sie Teufel!“ Dergestalt gedachte Sekretärin Truthilde Münzgack die längst fällige Kündigung bei Direktor Kirschblum Edelsack einzuleiten, der sie wieder einmal über Gebühr gemaßregelt hatte.

Als er ihr aber plötzlich die Ehe in Aussicht stellte, ließ sie sich natürlich gern weiter zur Teufelin machen – damit sie auch möglichst gut zusammenpassten.

DAS VERZOPFTE GESCHÖPF

Ein verzopftes Geschöpf entschloss sich, seinen Schädel zu rasieren.

Und siehe da – erst jetzt vermochte es sich ***komplett*** zu akzeptieren!

DAS VERZUPFTE GESCHÖPF

Ein verzupftes Geschöpf zermarterte sich so lange den Kopf darüber, wie es ***endlich*** zu einer angesehenen, allseits akzeptierten Existenz gelänge – bis man es aus lauter Mitleid und Barmherzigkeit zum Papst ausrief!

DER PAPST ALS WINDEL

Man wird es kaum glauben, aber sooft den Teufel vom allzu üppigen Christenverzehr ***Durchfall*** ereilt, greift er sich ausgerechnet einen der stets in Überzahl bei ihm lagernden ***Päpste*** als „heilige" Windel – die dann freilich das Übel auch nicht gerade zu lindern vermag.

Aber vielleicht entspricht dies ja gar nicht seiner Absicht …

DIE IRREFÜHRUNG

Graf Wonnelaus narrte die Welt ganz ungeniert
– denn er hatte niemals ***wirklich*** existiert.

Und wen schon dieses irritiert und konsterniert –
den wohl nicht minder sein ***leeres Grab*** brüskiert!

DIE ZAUBERHAFTE KREATUR

Eine Kreatur war so zauberhaft, dass wirklich ***jeder*** ihrem Charme erlag – und daran zugrunde ging.

Einschließlich ihr selber.

Nur: ***Sie*** brauchte etwas länger.

DIE SPASSIGE LEICHE

Der seinerzeitige Graf Tugomir von Tunichgut war derart quietschvergnügt, dass er vor lauter Lachen ständig platzte.

„Nicht auszudenken, was ich täte, hihihi, wenn ich noch ***nicht*** gestorben wäre!“, kicherte er, um gleich darauf erneut zu platzen.

DIE LEICHE UND DAS ZIMMERMÄDCHEN

Als die opernbegeisterte Mademoiselle Larissa Dreschsack, Zimmermädchen im renommierten Pariser Hotel Löwenruss, eines Morgens die erdrosselte Kammersängerin Yvonne Mondhummel vorfand, brach sie nicht, wie man erwarten könnte, in einen ***besonders*** schrillen und theatralischen Schrei aus, sondern versuchte stattdessen fieberhaft, sie **wiederzubeleben** – um vielleicht doch noch ein allerletztes Autogramm aus ihr „herauszupressen".

Und das Unfassbare geschah. Gerührt von so viel Anhänglichkeit kehrte die Verblichene nochmals kurz zurück, erfüllte mit gnädiger, bereits jenseitiger Miene den Herzenswunsch, und verriet als kleine Draufgabe sogar den Mörder – selbstredend Ehemann Rochefort.

Doch damit konnte Mademoiselle nun leider gar nicht punkten. Die Kriminalbeamten glaubten ihr einfach nicht – und nahmen ***sie*** als Hauptverdächtige fest, weil sie nach eigenen Angaben ***wirklich*** die Letzte war, die das Opfer lebend sah.

Wobei man das Autogramm als „Beweis" ihrer Unschuld freilich nicht anerkannte – denn, so Kommissar Blanchard Schwertfisch: „Dieses können Sie sich ***sonst wohin*** stecken!"

Soviel zum Umgang der Polizei mit Kunst und Kultur ...

Printed by Books on Demand GmbH, Norderstedt / Germany